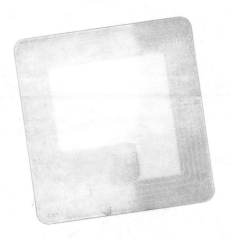

Hefyd gan Len Evans
o Wasg y Dref Wen

Y Trywydd Du
Yr Enillwyr

AUR
ACAPULCO

LEN EVANS

DREF WEN

Lluniau gan John Kent

CBAC

Cyhoeddwyd dan nawdd
Cynllun Llyfrau Darllen
Cyd-bwyllgor Addysg Cymru.

Mae Uned Iaith Genedlaethol Cymru yn rhan o
WJEC/CBAC cyf., cwmni a gyfyngir gan warant ac
a reolir gan awdurdodau unedol Cymru.

Mae Len Evans wedi datgan ei hawl
i gael ei adnabod fel awdur y gwaith hwn yn unol â
Deddf Hawlfraint, Dyluniadau a Phatentau 1988.

Cyhoeddwyd gan Wasg y Dref Wen,
28 Ffordd yr Eglwys,
Yr Eglwys Newydd, Caerdydd CF4 2EA
Ffôn 01222 617860

Argraffwyd ym Mhrydain.

1.

Eisteddai Arfon a'i chwaer Anna yn yr awyren 757 ar eu ffordd i gael pythefnos o wyliau yn Acapulco. Roedd y siwrnai wedi bod yn hir, bron pedair awr ar ddeg yn yr awyr, ac erbyn hyn roedd y ddau wedi syrffedu ar hedfan. Yr unig beth oedd yn eu calonogi oedd gwybod bod Acapulco yn dod yn nes gyda phob munud.

Efeilliaid deunaw oed oedd Arfon ac Anna, yn debyg iawn o ran pryd a gwedd; y ddau yn dal, gyda gwallt brown. Y gwahaniaeth mawr rhyngddynt oedd bod Anna bob amser yn fyrbwyll ac yn wyllt tra byddai Arfon yn fwy pwyllog ac yn dawel.

Roedd eu rhieni eisoes wedi cychwyn ar daith o gwmpas y byd ryw fis yn ôl – gwyliau ar ôl i'w tad ymddeol; a'r bwriad oedd i bawb gwrdd yn Acapulco wedi i Arfon ac Anna gael wythnos o wyliau yno yn gyntaf.

Roedd maes awyr Acapulco i'w weld drwy ffenestr yr awyren; y môr yn las yn ei ymyl, a choed palmwydd gerllaw yn ysgwyd yn ddiog yn yr awel ysgafn.

"Mae'n well inni agor yr amlen, rwy'n meddwl," meddai Arfon.

"Wrth gwrs. Roeddwn i wedi anghofio'n llwyr amdani," atebodd Anna.

Hoffai eu mam roi rhyw sialens iddynt pan fyddent ar

eu gwyliau – "Rhywbeth bach i'ch difyrru chi". Eleni, am y tro cyntaf, roedd yr efeilliaid wedi mynd ar eu gwyliau ar eu pen eu hun, ond yn ôl yr arfer roedd eu mam wedi paratoi tasg iddynt, i'w chyflawni tra oeddynt yn Acapulco, ac roedden nhw'n fodlon chwarae'r gêm.

Daeth llais y peilot i'w cyfarch yn Saesneg am y tro olaf ar y siwrnai:

"…Yma yn Acapulco mae hi'n braf. Mae'r tymheredd i fyny'n uchel yn y tridegau, ac mae hi'n llaith iawn…"

Brysiodd Arfon i agor yr amlen cyn i'r awyren lanio.

Edrychodd ar y darn papur oedd ynddi. Y cyfan oedd arno oedd un gair: QUETZALCOATL.

"Quetzalcoatl," meddai'n uchel. "Dim cyfarwyddiadau o gwbl. Dim ond y gair yna. Beth yw ei ystyr e? Beth r'yn ni i fod i'w 'neud?"

"Paid â phoeni," dywedodd Anna. "Fe wnawn ni ofyn i rywun yn y gwesty. Fe fydd e'n golygu rhywbeth i rywun, mae'n siwr."

Glaniodd y 757, ac yn y bwrlwm i baratoi i'w gadael anghofiodd y ddau am y gair ar y darn papur. Roedd cerdded allan i'r awyr agored yn brofiad bythgofiadwy. Adlewyrchai golau llachar yr haul oddi ar goncrit a gwydr adeiladau'r maes awyr, ac roedd yn rhaid i'r efeilliaid wisgo'u sbectol haul ar unwaith. Roedd y gwres fel gwres ffwrn dân yn pwyso arnynt yn ddidrugaredd.

Teimlodd Arfon y chwys yn rhedeg i lawr ei gefn ac o fewn munudau roedd ei grys yn wlyb diferu. Daeth rhyw fath o ddihangfa wrth iddynt gerdded drwy adeiladau'r maes awyr i dderbyn y bagiau, ond wrth iddynt gyrraedd yr awyr agored, roedd wal o wres yn eu haros eto.

Roedd bws yno i'w cludo i'r gwesty, a haid o ddynion ifanc yn awyddus i gario'r bagiau i'r bws – am dâl, wrth gwrs. Cafodd Arfon syniad wrth i un o'r dynion ddod ato. Roedd e tua deunaw oed ac wedi ei wisgo mewn dillad ysgafn gwyn. Roedd ei wallt yn ddu a'i groen yn dywyll.

"Gaf i gario'ch bagiau, señor?" meddai yn Saesneg gan bwyso ymlaen i gymryd y bagiau oddi wrth Arfon.

Tynnodd Arfon y darn papur allan o'i boced a'i ddangos iddo.

"Os gwelwch yn dda," dechreuodd Arfon yn ei Sbaeneg bratiog, "beth ydy ystyr hyn?"

Edrychodd y llanc ar y darn papur. Daeth golwg wyllt i'w lygaid. Gadawodd y bagiau yn y fan a'r lle, a chamu yn ôl. Edrychodd o'i gwmpas fel anifail wedi ei gornelu. Trodd yn sydyn a cherdded i ffwrdd yn gyflym gan daflu un golwg arall dros ei ysgwydd ar Arfon. Roedd marc ar ei war, craith efallai, lle nad oedd gwallt yn tyfu; marc yr un siâp â hanner lleuad, ac roedd hwn i'w weld yn amlwg wrth iddo ddiflannu i ganol y dorf.

"Eich bagiau, señor?" Roedd gŵr ifanc arall yn barod i

gymryd ei le, ond cododd Arfon ei law i wrthod y cynnig.

Roedd Anna wedi gweld yr hyn a ddigwyddodd.

"Beth oedd yn bod arno fe?"

"Dw i ddim yn siwr," atebodd Arfon.

Roedd y gyrrwr yn gwthio'r bagiau i mewn i grombil y bws fel roeddynt yn dringo i mewn. Eisteddodd y ddau yn un o'r seddau blaen, fel y gallent weld mwy o'r wlad ar y siwrnai i'r gwesty. Daeth y dywyswraig i dorri gair â nhw.

"Gawsoch chi ryw drafferth 'nôl fan'na?"

Sylwodd Arfon ar unwaith ei bod hi'n ferch atyniadol â'i gwallt du yn ffrâm i wyneb ifanc, serchus. Sylwodd hefyd fod acen gyfarwydd i'w Saesneg.

"Wel, na, dim trafferth, a dweud y gwir, ond fe ddigwyddodd rhywbeth annisgwyl."

"Fe weles i rywun yn rhedeg i ffwrdd, a meddwl wnes i fod rhywbeth yn bod."

"Dangos y darn papur iddi," cynigiodd Anna.

"Papur?" gofynnodd y dywyswraig.

Synnodd Arfon i'w chlywed yn dweud y gair yn Gymraeg.

"Ie, Cymraes ydw i…Ond beth yw'r papur yma?"

Nid oedd Arfon am wneud ffys a ffwdan ar y bws, ac roedd yn anfodlon bod Anna wedi codi'r peth. "Fyddwch chi yn y gwesty heno?" gofynnodd i'r dywyswraig.

"Byddaf," atebodd hithau.

"Fe ga i air gyda chi ar ôl swper. Ac fe wna i esbonio'r cyfan i chi bryd hynny."

"Iawn. O'r gore," atebodd hithau eto, a gwenu arno cyn troi i afael yn y meic i groesawu pawb ar y siwrnai i'r gwesty.

2.

Rhyw gan milltir i ffwrdd yn y mynyddoedd roedd yr haul yn machlud yn ddioglyd ar ddinas Taxco. Gorweddai'r cysgodion hir yn esmwyth ar draws y strydoedd cul. Y tu ôl i'r ddinas, yn uwch i fyny yn y mynyddoedd, mewn llannerch agored yn y goedwig drwchus, roedd rhyw hanner cant o ddynion, Indiaid lleol, wedi eu gwisgo yn eu gwisg draddodiadol, yn droednoeth, â'u hwynebau a rhannau uchaf eu cyrff hanner noeth wedi eu peintio mewn lliwiau llachar.

Symudai pob un ohonynt yn feddwol o gwmpas carreg fawr, hir a orweddai ar ei hyd ar y llawr. Roedd pedwar drwm yn cael eu taro gan bedwar o'r Indiaid, hwythau wedi eu gwisgo mewn gynau hir, gwyn, a'r mygydau hyll oedd yn cuddio eu hwynebau yn ddigon i roi arswyd i'r dewraf. Roedd sŵn rhythmig, uchel, di-baid y pedwar drwm yn annog y dawnswyr i ymdrechion mwy, eu

9

breichiau yn chwifio'n afreolus a'u pennau'n lolian yn rhydd ar eu hysgwyddau.

Wrth bob cornel i'r garreg fawr roedd tân yn mygu, a'r mwg yn hofran fel tarth o gwmpas y dawnswyr. Bob hyn a hyn roedd un o'r Indiaid yn taflu dyrnaid o ddail sych ar y tanau. Tra oedd yr Indiaid yn dawnsio roedd pob un ohonynt yn anadlu'n ddwfn o'r aroglau myglyd, melys. Ar y garreg fawr roedd basged a chlawr arni, a phlu melyn a choch mewn cylch o'i chwmpas. Roedd sŵn y drymiau a grym y dawnsio yn cyrraedd uchafbwynt ond yn union ar fachlud yr haul tawodd taro'r pedwar drwm. Peidiodd y dawnsio. Syrthiodd y dawnswyr i'r llawr, pob un yn llipa ac yn anadlu'n drwm, a'r chwys yn rhedeg dros eu cyrff.

Bu tawelwch llethol ac yna cerddodd gŵr tal allan o'r goedwig a symud tuag at y garreg fawr. Hwn oedd yr offeiriad: gŵr tal pryd golau, a barf yn cuddio'i ên. Am ei wddf roedd torch o blu trwchus, plu eryr, a'r rhain yn rhedeg i lawr ei gefn hyd at ei ganol. Ar ei ben roedd pen sarff, honno'n geg-agored gan ddangos tafod hir, miniog. Roedd wyneb yr offeiriad wedi ei beintio yn debyg i wynebau'r Indiaid eraill ac roedd rhyw urddas yn perthyn i'w gerddediad araf. Cyrhaeddodd y garreg fawr ac aros. Edrychodd o'i gwmpas. Roedd pob llygad arno.

Tynnodd gyllell hir o'i wregys, y carn wedi ei orchuddio â gemau gwerthfawr, a'r llafn yn adlewyrchu'n fygythiol yng ngolau'r tanau. Cododd y gyllell yn uchel uwch ei ben. Â'i law arall taflodd glawr y fasged i ffwrdd. Yna, plymiodd ei law i waelod y fasged a thynnodd allan neidr werdd, fywiog. Ymladdai'r neidr i gael dod yn rhydd o'i afael ond roedd dwrn yr offeiriad wedi cau yn dynn amdani, yn union y tu ôl i'w phen. Roedd ei cheg yn agored ac roedd hi'n hisian yn oerllyd. Roedd ei chorff yn troi o gwmpas braich yr offeiriad, yn symud ac yn gwasgu'n wyllt.

Mewn un symudiad sydyn, daeth y gyllell i lawr a hollti pen y neidr i ffwrdd o'i chorff. Cododd yr offeiriad ei ddwy fraich a throdd ei wyneb i fyny, y gyllell mewn un llaw, a chorff y neidr yn dal i symud am ei fraich arall. Neidiodd y dawnswyr ar eu traed ac ailddechrau ar eu symudiadau meddwol. Roedd pawb yn gweiddi ac roedd y pedwar drwm yn cael eu curo'n wyllt, a dros y sŵn i gyd daeth llais yr offeiriad yn galw allan yn uchel:

"Quetzalcoatl, ble'r wyt ti? Quetzalcoatl, tyrd yn ôl!"

3.

Roedd yr efeilliaid yn torheulo ar welyau aer wrth ymyl pwll nofio'r gwesty yn hwyr y prynhawn wedyn. Gwisgai Anna ei bicini pitw melyn, ac Arfon ei shorts Bermiwda amryliw, ac roedd eu cyrff yn sgleinio o dan gôt dda o eli haul.

"Rwyt ti'n dechrau edrych fel cimwch yn barod," dywedodd Arfon wrth ei chwaer, "a dwyt ti ddim wedi bod yn yr haul am ddiwrnod cyfan eto."

"Paid â bod mor ddigywilydd! Roeddwn i'n meddwl dy fod ti'n cysgu," atebodd ei chwaer.

Rholiodd Arfon i orwedd ar ei fol a throdd ei wyneb tuag at Anna.

"Na, meddwl o'n i. Meddwl am yr enw od yna!"

Roedden nhw wedi siarad gyda'r dywyswraig y noson cynt ar ôl cael eu swper yn y gwesty. Elsa oedd ei henw. Roedd hi wedi edrych ar y darn papur ac wedi ysgwyd ei phen. Doedd yr enw'n golygu dim iddi hi.

Yn hwyrach y noson honno roedd hi wedi dod yn ôl at yr efeilliaid i ddweud wrthynt ei bod hi wedi dod o hyd i rywun a fyddai'n gallu esbonio'r gair iddyn nhw. Alfredo Mendoza oedd ei enw. Roedd yn un o brif swyddogion yr Amgueddfa Anthropoleg Genedlaethol yn Ciudad de México, y brifddinas. Digwyddai fod yn Acapulco ar fusnes ac addawodd Elsa y byddai'n galw yng ngwesty'r Calinda yn hwyr y prynhawn dilynol i gyfarfod yr efeilliaid.

Roedd Anna wedi codi i eistedd ar y gwely aer i gael gafael ar y botel eli haul, pan welodd hi Elsa yn cerdded tuag atynt ar frys.

"Rwy'n falch 'mod i wedi'ch dal chi fan hyn," meddai Elsa.

"Pam? Oes rhywbeth yn bod?" gofynnodd Arfon.

"Na, na. Mae Señor Mendoza yn y cyntedd. Does dim llawer o amser gyda fe. Mae e'n gorfod brysio'n ôl i'r brif-ddinas. Os hoffech chi ei weld e cyn iddo fynd…"

"Iawn. R'yn ni'n dod. Dere Anna."

Roedd Mendoza yn aros wrth y ddesg; dyn tal, golygus, dros ei chwe throedfedd, yn gwisgo siwt las ysgafn, ei wyneb yn frown a'i wallt golau yn dechrau britho ar yr ymylon. Roedd cês tenau ganddo dan un fraich ac edrychai ar y wats oedd ar ei fraich arall. Daeth gwên barod i'w wyneb wrth iddo adnabod Elsa, a phan gyflwynodd hi'r efeilliaid iddo, siglodd eu dwylo â llaw gadarn.

"Mae'n dda 'da fi gwrdd â chi. Dwedwch, sut galla i eich helpu?"

Tynnodd Anna y darn papur allan o'i bag a'i roi iddo. Gwenodd e eto pan welodd y gair.

"Diddorol," dywedodd. "Clywch, ydych chi'n bwriadu ymweld â'r brifddinas tra ydych chi yma ar eich gwyliau?"

"Fe fyddwn ni yno ddydd Mercher," dywedodd Anna.

"I'r dim," atebodd Señor Mendoza.

Tynnodd gerdyn allan o'i boced ac ysgrifennodd arno. "Rhowch y cerdyn yma i'r swyddog wrth y ddesg yn yr amgueddfa ac fe ddof i i'ch gweld chi ar unwaith. Fe wna i, yn bersonol, eich tywys chi o gwmpas yr amgueddfa, a mwy na hynny, fe ddangosa i rywbeth arbennig ichi. Ac fe gewch chi esboniad llawn o'r gair yma. Tan ddydd Mercher."

Ac i ffwrdd ag ef ar unwaith.

"Da iawn," meddai Anna. "Nawr gallwn ni anghofio am Quetzalcoatl am y tro, a setlo lawr i'r gwaith difrifol arall sy gyda ni, sef mwynhau ein hunain."

4.

Penderfynodd Arfon ac Anna fynd allan i gael eu pryd bwyd y noson honno. Am saith o'r gloch gadawodd y ddau westy'r Calinda i gerdded ar hyd prif stryd Acapulco. Roedd hi'n dechrau nosi yn barod, ond roedd hi'n dal i fod yn dwym.

Ar bob llaw roedd goleuadau neon, miwsig ac aroglau bwyd: band trwmped Mecsicanaidd â churiad rhythmig y drymiau, gitâr o Hawaii, tenor o'r Eidal, band pres o'r Almaen, miwsig disgo; bwydydd o China, o México, o Hawaii, o'r Eidal, heb sôn am aroglau bîffbyrgyrs, cŵn poeth a chandi fflos.

Ar hyd y palmant, gwerthai'r Indiaid eu nwyddau.

Roedd mamau a'u babis bychan yn eistedd ar y palmant yn cardota, a phlant ifanc carpiog yn cysgu ar y palmant tra ceisiai eu rhieni ddenu unrhyw un i brynu nwyddau syml.

Roedd tlodi a moethusrwydd ochr yn ochr.

Cerddodd Arfon ac Anna ar hyd y stryd gan golli dim. Yn y diwedd daethant ar draws Sanborns, siop enfawr ac ynddi le bwyta deniadol.

"Beth am gael rhywbeth i'w fwyta fan hyn?" gofynnodd Anna. "A wedyn, fe allwn ni fwrw draw i'r disgo, yr ochr arall i'r hewl."

"Pam lai," atebodd Arfon, ac aethant i lawr y grisiau at y teras o flaen yr ystafell fwyta. Roedd bordydd wedi eu gosod yn yr awyr agored. Eisteddodd y ddau a daeth gweinyddes ifanc mewn dillad lliwgar tuag atynt, i gymryd eu harcheb. Roedd y ddau ar lwgu.

Daeth y gwin yn fuan; yna enchiladas mewn saws gwyrdd.

"Bois bach, dyma'r ffordd i fyw," dywedodd Arfon wrth orffen.

Cododd Anna a cherddodd o'r teras i mewn i'r ystafell fwyta ar ei ffordd i'r tŷ bach. Talodd Arfon am y bwyd ac eisteddodd i aros am ei chwaer. Cofiodd eu bod yn mynd i dref Taxco yn y bore, a'u bod yn dechrau yn gynnar gan fod ganddynt ryw bedair awr o siwrnai yn y bws i fyny i'r mynyddoedd. Felly, fyddai dim llawer o gwsg i'w gael

15

heno. Daeth Anna yn ôl i'r ford ac eisteddodd.

"Wel, wyt ti'n barod?" gofynnodd ei brawd.

"Na, dim eto," atebodd Anna. "Rwy wedi gweld rhywbeth od yn yr ystafell fwyta yna. Rwy am i ti fynd at y drws ac edrych draw at y bar ym mhen pella'r ystafell. Bydd yn ofalus. Mae rhywun yno, wrth y bar."

Cododd Arfon ac aeth at y drws. Roedd nifer o bobl wrth y bar, ond roedd Arfon yn adnabod un ohonynt ar unwaith. Mendoza.

"Dyna ryfedd," meddai Arfon. "Dywedodd ei fod ar ei ffordd i'r brifddinas. Ond dere inni gael mynd i'r disgo."

Daliai Alfredo Mendoza i sefyll wrth y bar. Edrychai o gwmpas, nawr ac yn y man, yn disgwyl gweld rhywun. Yna, o'r diwedd, cerddodd gŵr ifanc i mewn. Roedd ganddo wallt du a chroen tywyll. Aeth y ddau i eistedd mewn cornel breifat lle roedd cyfle iddynt siarad. Dim ond ychydig funudau oedd eisiau arnynt ac roedd hi'n amlwg eu bod yn cytuno ar rywbeth. Tynnodd Mendoza amlen swmpus o'i boced a'i rhoi i'r gŵr ifanc, ac fe wnaeth yntau ei chuddio o'r golwg dan ei grys gwyn. Yna cerddodd i ffwrdd. Roedd craith siâp hanner lleuad yn amlwg ar ei war.

5.

Am y tro cyntaf erioed roedd gan Manuel Pérez arian sylweddol yn ei law; bwndel trwchus, miloedd o'r pesos oedd wedi bod mor brin yn ei fywyd. Roedd Manuel wedi rhedeg mân negeseuon i Mendoza o'r blaen ac wedi derbyn arian bach am ei drafferth ond hwn, heddiw, oedd yr hufen. Gwir, ni châi'r arian am wneud dim. Roedd yna dasgau i'w cyflawni. Ond gwyddai'n iawn beth oedd i'w wneud. Eisteddai ar y llawr yn ei gartref un ystafell, yr arian wedi ei roi yn ôl yn yr amlen, a honno o'r golwg dan ei grys.

Y peth cyntaf i'w wneud fyddai symud allan o'r hofel ddrewllyd yma ar lan yr afon.

Bu'n byw yma fel crwtyn ifanc gyda'i fam a'i dad, ac yna ar ei ben ei hun ar ôl i'w rieni farw mewn damwain bws yn Acapulco. Roedd yntau yn y ddamwain hefyd, ond bu e'n lwcus, a doedd ganddo ond marc ar ei war yn dyst i'r peth.

Edrychodd o gwmpas ei gartref: tair wal o goed a gwellt, a'r bedwaredd wal yn agored i'r byd; to o ddarnau o sinc a choed; darn o hen garped yn wely iddo mewn un gornel, a bord fechan isel ac arni lestri tun. Dyna oedd ei holl eiddo, heblaw am ei deledu. Ei deledu oedd ei unig drysor.

Ie, y peth cyntaf i'w wneud fyddai symud allan a mynd i fyw i'r dref. Efallai y byddai digon o arian ganddo i brynu

18

tacsi a chael trwydded. Ie, tacsi amdani, dyna'r ateb –
hynny yw, wedi iddo gyflawni'r tasgau. Roedd hi'n siwrnai
hir i Taxco ond roedd ganddo ddigon o arian i gyrraedd
yno a gallai wneud hynny cyn canol dydd.

6.

Cymerai siwrnai'r bws o Acapulco i Taxco ryw bedair awr,
ac roedd Arfon ac Anna wedi blino'n lân. Gwnâi Elsa ei
gwaith yn dda, yn disgrifio'r wlad fel y dringai'r bws i'r
mynyddoedd a'u paratoi ar gyfer Taxco – "y ddinas arian"
– drwy roi ychydig o hanes y ddinas honno.

Rhyw hanner ffordd oedd hi pan gafodd y bws ei stopio
gan swyddogion yr heddlu. Roedden nhw wedi eu gwisgo'n
filwrol gan gario eu gynnau yn fygythiol yn eu gwregysau.
Aeth Elsa allan i'w cyfarch, ac ar ôl rhai munudau
dychwelodd i'r bws a gafael yn y meic i esbonio beth oedd
yn bod.

"Does dim rheswm ichi gael ofn. Mae'r heddlu eisiau
dod ar y bws. Maen nhw'n chwilio am ganabis. Y cyfan
fydd eisiau i chi ei wneud yw eistedd yn llonydd a dangos
eich trwyddedau teithio."

Daeth yr heddlu ar y bws, cymryd un golwg o gwmpas
y seddau ac yna cerdded allan. Symudodd y bws ymlaen ar

ei siwrnai ac ysgubodd ton o ryddhad dros y teithwyr. Esboniodd Elsa fod smyglo canabis yn ffordd o fyw yn yr ardal, ond bod cosbi llym ar y bobl oedd yn gwneud hyn. Roedd yr heddlu yn benderfynol o ddod o hyd i'r rhai oedd yn gyfrifol.

Cyrhaeddon nhw Taxco heb ragor o drafferth. Sylwon nhw ar unwaith nad oedd y tywydd mor drymaidd. Doedd dim o fwrlwm Acapulco yno chwaith. Safai'r ddinas ar ochr y mynydd; strydoedd cul, tai wedi eu gwyngalchu, toeon coch. Roedd y dynion lleol mewn dillad gwyn, anniben, a hetiau gwellt yn fflat ar eu pennau, tra gwisgai'r gwragedd mewn du, a phob un â'i sgarff dywyll yn cuddio'i phen.

Doedd dim ôl moethusrwydd i'w weld yn y strydoedd, ar wahân i'r siopau a werthai bob math o bethau wedi eu gwneud o arian: llestri, anifeiliaid, tlysau ac addurniadau.

Cerddodd Arfon ac Anna o gwmpas gan ryfeddu at y trysorau cain. Ond fe wydden nhw nad oedd ganddyn nhw ddigon o arian i allu eu fforddio.

Yna sylwodd Anna ar rywbeth.

"Edrych draw fan'na," meddai. "Ar y wal yna."

Ar y wal wyngalchog roedd llythrennau mawr mewn paent coch:

QUETZALCOATL. ¿DÓNDE ESTÁS?

"Beth mae e'n feddwl?" gofynnodd Anna.

20

"Yn syml, 'Quetzalcoatl. Ble'r wyt ti?'"

Arweiniodd Elsa y grŵp i westy moethus lle roeddynt i gael eu pryd bwyd.

O'r gwesty roedd yn rhaid i'r grŵp symud i'r Zocalo, y sgwâr yn y dref, i weld eglwys Santa Prisca. Roedd y strydoedd caregog yn rhy gul i'r bws, felly llwythwyd pawb i gael eu cludo mewn haid o dacsis bach melyn a ruthrodd yn wyllt ar hyd y ffyrdd unffordd. Doedd dim lle i ddim byd arall ar yr heolydd, ac ni feiddiai unrhyw un aros ar y ffordd pan oedd y tacsis melyn yn sboncio heibio.

Ymhen ychydig roedd pawb wedi cyrraedd ac arweiniodd Elsa'r grŵp i mewn i'r eglwys. Wrth y porth roedd mam gyda phlentyn ifanc yn cardota, ei llaw agored yn ymestyn i fyny i dderbyn rhoddion, ond y tu mewn i'r eglwys dim ond moethusrwydd oedd i'w weld: addurniadau o aur pur, carpedi a llenni trwchus a lluniau gwerthfawr ar y muriau.

Y tu allan i'r eglwys roedd yna gyffro. Roedd un o'r Indiaid wedi dringo i ben mainc a bloeddiai ei neges yn uchel i'w wrandawyr. Roedd eu hymateb yr un mor swnllyd, ac arhosodd rhai o'r ymwelwyr i weld ac i wrando. Roedd eraill wedi synhwyro bod rhywbeth yn fygythiol yn y cyffro ac wedi symud o'r neilltu. Yn sydyn, neidiodd y

21

siaradwr oddi ar y fainc ac arweiniodd ei gynulleidfa tuag at un o'r strydoedd yn ymyl y sgwâr. Roedden nhw wedi dechrau siantio wrth gerdded. Cododd sŵn y siant yn uwch ac yn uwch, ac ar yr union funud cerddodd Arfon ac Anna allan o'r eglwys. Clywsant â syndod y gair oedd yn cael ei siantio, dro ar ôl tro:

"Quetz-al-coatl! Quetz-al-coatl! Quetz-al-coatl!"

7.

Fore trannoeth, yn ôl yn Acapulco, aeth Arfon i lawr i bwll nofio gwesty'r Calinda. Wrth iddo fynd heibio i'r dderbynfa tynnwyd ei sylw gan un o'r staff yno. Roedd llythyr iddynt. Edrychodd ar y marc post wrth gerdded allan i'r awyr agored, a bu raid iddo wisgo ei sbectol haul ar unwaith am fod yr haul mor danbaid. Llythyr o Awstralia. Cyrhaeddodd wely glas gwag yn agos at un o'r coed palmwydd ac eisteddodd arno cyn agor y llythyr. Llythyr oddi wrth ei fam a'i dad, wrth gwrs; pwy arall fyddai'n ysgrifennu atynt o Awstralia? Byddent yn cyrraedd Acapulco ar ddydd Sul. Cododd i eistedd a dechreuodd rwbio eli haul yn llyfn dros ei freichiau a'i gorff.

Daeth cysgod drosto. Elsa oedd yn sefyll rhyngddo a'r haul.

"Wyt ti eisiau cwmni?"

"Eistedd i lawr," atebodd Arfon. Roedd gwely gwag yn ei ymyl.

Gwisgai'r bicini du mwyaf pitw, a chariai dywel mawr gwyn dros ei braich. Eisteddodd ar y gwely aer. Sylwodd Arfon ar ei chorff, yn frown tywyll ar ôl treulio oriau lawer yn yr haul.

"Rho ddigon o'r eli 'na arnat ti," dywedodd Elsa, "neu fyddi di ddim yn hir cyn llosgi. Dere, rholia ar dy fol. Fe rwbia i beth ar dy gefn di."

Estynnodd Arfon y botel iddi a throdd i orwedd ar ei fol. Plygodd Elsa drosto i ddechrau taenu'r hylif ar draws ei gefn a'i ysgwyddau.

"Wel, beth wyt ti'n feddwl am Acapulco?"

"Paradwys," atebodd Arfon, gan gofio'r disgrifiad yn llyfryn y cwmni teithio. Dechreuodd fwynhau teimlo llaw Elsa ar ei gefn, a blin oedd ganddo ei chlywed hi'n rhoi'r cap yn ôl ar y botel.

"Ble mae dy chwaer? Dyw hi ddim yn dal yn ei gwely, ydy hi?"

"Na, mae hi wedi mynd i wario ychydig o arian," atebodd Arfon. "Dw i ddim yn meddwl y daw hi 'nôl tan amser cinio."

Sylwodd ar brydferthwch Elsa wrth esgus darllen ei lyfr. Roedd hi'n dal, bron mor dal ag yntau, ac yn siapus, yn y

23

cetyn bicini yna. Ac roedd ganddi wyneb serchus yn barod i wenu bob amser.

"Dere, dy dro di yw hi nawr," meddai hi. "Rho damaid bach o hwn ar 'y nghefn i."

Cymerodd Arfon y botel a dechreuodd rwbio hylif ar ei chefn. Roedd ei chorff yn gynnes ac yn llyfn o dan ei law, ac efallai iddo gymryd mwy o amser nag oedd raid.

"Dyna ti," dywedodd Arfon. "Ffafr am ffafr."

"Wyt ti'n edrych ymlaen at fynd i'r brifddinas yfory?" gofynnodd Elsa.

"Ydw, ac am fwy nag un rheswm."

"Fe wnei di fwynhau. Mae e'n lle arbennig."

"Beth yn hollol yw'r trefniadau?" gofynnodd Arfon.

"Wel, fe fyddwch chi'n hedfan o'r maes awyr fan hyn yn gyntaf, dechrau'n gynnar cofia…"

Torrodd Arfon ar ei thraws hi.

"Beth yw'r 'fe fyddwch chi' yna? Dwyt ti ddim yn dod gyda ni?"

"Na, dim yfory. Mae yna waith gyda fi i'w wneud yma yn Acapulco."

"Trueni," meddai Arfon. "Fe fydd hi'n ddiwrnod hir. Wyt ti'n cofio bod Anna a minnau yn mynd i weld Señor Mendoza yn yr amgueddfa yfory?"

"O ydw, ynglŷn â'r gair yna. Dwyt ti ddim wedi cael esboniad eto?"

24

"Na," atebodd Arfon. "Ond dywed – sut dest ti i adnabod Señor Mendoza?"

"O, mi gwrddais i ag e llynedd wrth fynd â grŵp o bobl i'r amgueddfa. Mae e'n gymwynasgar iawn ac rwy'n gwneud ambell gymwynas ag e."

"Cymwynas? Beth wyt ti'n feddwl?"

"Wel, bob hyn a hyn, mae e eisiau imi fynd â llythyr yn ôl i Brydain, pan fydda i'n mynd adre. Rwy'n fwy diogel na'r post ym México, medde fe. Ffafr am ffafr, fel y dwedest ti."

Eisteddai'r ddau ar eu gwelyau aer â'u traed yn hongian yn nŵr y pwll nofio.

"Mae Anna yn dod," meddai Arfon yn sydyn.

Roedd Anna yn gwau ei ffordd drwy'r dorf a'r gwelyau aer, yn osgoi pawb gorau y gallai hi. Cariai ddau fag plastig mawr a gwenodd wrth agosáu. Wedi cyrraedd, gadawodd y bagiau i ddisgyn yn drwsgl ar wely aer Arfon ac yna, eisteddodd yn drwm ar wely aer Elsa.

"Rwy wedi blino'n lân. Ddo i byth i arfer â'r gwres yma, ac mae 'nhraed i'n llosgi fel tân."

Siaradai fel pwll y môr yn ôl ei harfer. Ciciodd ei hesgidiau ysgafn i ffwrdd a symudodd yn nes at y pwll i gael rhoi ei thraed hi hefyd yn y dŵr.

Tynnodd Arfon sylw un o'r gweision ac archebu tair Sangría. Roedd yn falch nad oedd Anna wedi dod yn ôl pan oedd e'n tywallt yr eli haul ar gefn Elsa. Beth roedd hi'n ei feddwl, tybed, o'r bicini pitw 'na?

"Beth brynest ti?" gofynnodd.

"Sgert, crysau T, shorts, blows…"

Chwiliodd hi yn nyfnderoedd un o'r bagiau plastig a thynnu cerdyn post allan.

"Fe wnaiff hwn dy blesio di."

Edrychodd Arfon ar y llun oedd arno a thynnu gwg.

"Beth yn y byd yw hwn?" gofynnodd.

Ar y cerdyn roedd llun cerflun. Sarff yn geg-agored a thorch o blu eryr am ei gwddf a'i chorff yn gwlwm o dan y plu.

"Edrych ar y cefn," dywedodd Anna.

"Beth yw e?" gofynnodd Elsa.

Â gwên ar ei wyneb, darllenodd Arfon y geiriau oedd yn disgrifio'r llun: "Y Duw Quetzalcoatl," meddai. Dechreuodd y tri ohonynt chwerthin yn uchel.

"Duw yw e. Dyna ddiwedd ar y dirgelwch," dywedodd Anna. "A diolch am hynny."

8.

Y noson honno aeth y tri i ddisgo yn Acapulco, a bu Elsa ac Arfon yn dawnsio hyd oriau mân y bore.

Bore trannoeth, daliodd yr efeilliaid yr awyren i hedfan i'r brifddinas. Siwrnai o hanner awr oedd hi a digon o amser iddynt gael eu brecwast ar yr awyren.

Yn y maes awyr roedd bws yn eu haros i'w cludo i'r sgwâr enfawr yng nghanol y ddinas. Yma, gynt, bu dinas Tenochtitlan – prifddinas yr Asteciaid. Oddi yno buon nhw'n rhuthro o gwmpas y ddinas yn y bws, yn gweld y lleoedd diddorol.

Yn y prynhawn aethant ar daith i weld y pyramidiau yn San Juan Teotihuacan, hanner can cilometr o'r brifddinas.

Cerddai'r ddau ar hyd Stryd y Meirw, ac aros wrth droed Pyramid yr Haul. Roedd yr olygfa yn ddigon i ddigalonni unrhyw un oedd yn bwriadu ei ddringo.

"Wyt ti'n barod?" gofynnodd Arfon.

"Mor barod ag y bydda i," atebodd Anna.

Dechreuodd y ddau gamu i fyny grisiau serth y pyramid. Roedd yr aer yn denau, â'r rhan yma o'r wlad ryw 8,000 o droedfeddi yn uwch na lefel y môr. Erbyn cyrraedd y copa roedd y ddau'n anadlu'n drwm fel petaent wedi rhedeg i fyny. Gallent weld ymhell, a thir gwastad yn ymestyn i bob cyfeiriad. Roedd rhyw dawelwch sanctaidd yno a chlywent sŵn awel ysgafn.

Agorodd Anna y llawlyfr a brynodd wrth draed y pyramid. Roedd modd gweld cynllun y ddinas yn glir o'r uchder yma a'i gymharu â'r cynllun yn y llawlyfr. Yn sydyn, gwaeddodd allan, "Hei! Edrych ar hwn! Mae yna deml i Quetzalcoatl yn y ddinas!"

O gopa Pyramid yr Haul, roedd y deml i'w gweld yn fechan yn y pellter.

"Dere!" dywedodd Arfon. "Rwy am gael golwg agosach arni hi."

Erbyn cyrraedd, cawsant mai pyramid bach oedd y deml. Roedd lle i gerdded o'i gwmpas a digon o gyfle i weld yr addurniadau a naddwyd allan o'r garreg – pen neidr yn gorffwys ar dusw o blu wedi eu cerfio ar wyneb y pyramid.

"Ydy e'n dweud rhywbeth am Quetzalcoatl yn y llawlyfr?" gofynnodd Arfon.

Trodd Anna'r tudalennau'n frysiog.

"Ydy…Roedd Quetzalcoatl yn frenin ac yn dduw. Roedd e'n cael ei adnabod fel duw y sarff a'r plu, duw y gwyntoedd, duw bywyd, duw'r angenfilod a hefyd… gwrando ar hyn, Arfon…fel duw'r efeilliaid!"

"Dyna beth roedd Mam am inni ei weld felly…"

"Mae'n dweud fan hyn fod yr Indiaid yn arfer cynnig aberth dynol iddo hefyd."

"Dyna neis!"

Gwenai'r ddau yn hapus wrth gerdded yn ôl at y bws. Edrychent ymlaen at gwrdd â Señor Mendoza yn yr amgueddfa y prynhawn yna. Efallai y bydden nhw'n ei

synnu e â'u gwybodaeth.

Yn gynnar y bore hwnnw roedd Alfredo Mendoza wrth ei waith yn yr Amgueddfa Anthropoleg Genedlaethol. Cerddodd drwy'r ystafelloedd mawr a sŵn ei draed yn atsain drwy'r lle. Cyn rhoi'r arwydd i'r swyddogion i agor drysau'r amgueddfa i'r cyhoedd hoffai fynd o gwmpas i sicrhau bod pob peth yn ei le. Bu'n gysylltiedig â'r amgueddfa ers gorffen ei gwrs addysg yn y brifysgol, a'i ddiddordeb mwyaf oedd hanes a diwylliant ei wlad.

Roedd heddiw'n fore arbennig iddo. Daeth y newyddion o Taxco fod yno ryw aflonyddwch yn ystod y ddau ddiwrnod diwethaf, a bod yr awdurdodau yn poeni tipyn ynglŷn â'r cynnwrf yma. Os byddai ei gynllun ef yn cael y cyfle i ddatblygu, byddai cynnwrf yn Taxco heddiw eto, ac yfory efallai. Roedd yr Indiaid yn achwyn am eu tlodi, ac eisiau gwell chwarae teg gan y llywodraeth. Oedd, roedd hi'n ddiwrnod arbennig heddiw. Gwnaeth Manuel Pérez ei waith yn dda.

9.

Wedi i Elsa ffarwelio â'r efeilliaid y bore hwnnw, aeth yn ôl i'w hystafell ar y trydydd llawr yng ngwesty'r Calinda. Roedd hi'n gynnar yn y bore, yn rhy gynnar iddi ddechrau ar ei dyletswyddau, ac ar ôl cymoni ychydig ar ei hystafell fe âi i lawr i'r pwll nofio.

Ar y ford yn ei hystafell, wrth ochr y gwely, roedd pecyn wedi ei lapio mewn papur brown, a chyfeiriad yn Llundain wedi ei ysgrifennu arno. Tybiai Elsa mai llyfr ydoedd – roedd yr un maint â llyfr, a phwysai fel llyfr. Ar ben y pecyn roedd amlen, â'i henw hi wedi ei ysgrifennu arni. Rhoddodd Elsa'r pecyn mewn bag teithio a'i adael yn ymyl y gwely. Yna agorodd hi'r amlen. Roedd arian ynddi, yr un faint ag o'r blaen; digon i dalu am bostio'r pecyn yn Llundain, a mwy na digon i dalu am ei thrafferth hi.

Dyma'r tro cyntaf i Alfredo Mendoza ofyn iddi gario pecyn yn ôl i Lundain; y troeon o'r blaen, llythyr oedd wedi bod yn ei bag. Roedd hi wedi postio'r llythyrau bob tro ac wedi anghofio'r cyfan amdanynt. Gofynnodd Señor Mendoza iddi bostio'r pecyn pan gyfarfu â hi yng nghyntedd y Calinda y dydd o'r blaen. Nid hawdd oedd ei wrthod, yn enwedig ar ôl iddo gynnig helpu'r efeilliaid. Wedi'r cyfan bu'n barod bob amser i wneud cymwynas â hi. Rhoddodd yr arian yn ôl yn yr amlen a'i rhoi yn daclus yn ei bag gyda'r pecyn. Gafaelodd mewn tywel. Roedd hi'n barod. Caeodd y drws yn glep y tu ôl iddi.

Pan gyrhaeddodd yr efeilliaid yr amgueddfa roedd Señor Alfredo Mendoza yn aros amdanynt. Daeth ymlaen yn syth i'w croesawu.

"Rwy'n falch eich bod chi wedi cyrraedd yn ddiogel," dywedodd gan wenu'n gyfeillgar. "Rwy wedi paratoi te ichi ond yn gyntaf rwy eisiau ichi weld yr amgueddfa."

Roedd yr amgueddfa yn anferth a dechreuodd Señor Mendoza eu tywys o gwmpas.

"Fe fuoch chi'n ymweld ag adfeilion dinas San Juan Teotihuacan y prynhawn yma, rwy'n deall," dywedodd.

"Do," atebodd Anna, "ac fe fuon ni'n ddigon ffodus i gael esboniad i'r gair Quetzalcoatl, hefyd."

"Beth ddysgoch chi amdano fe?" gofynnodd Señor Mendoza.

Cafodd Arfon bleser di-ben-draw wrth ddangos ei wybodaeth am y pwnc.

"Fe ddywedsoch chi y diwrnod o'r blaen fod yna rywbeth arbennig gyda chi i'w ddangos inni," meddai Arfon.

"Do wir. Dewch gyda fi."

Cerddodd Mendoza tuag at ddrws ym mhen pellaf yr ystafell. Bu raid iddo ei ddatgloi cyn gadael i'r efeilliaid fynd i mewn o'i flaen. Caeodd y drws yn ofalus y tu cefn iddo.

"Dyw'r ystafell yma ddim ar agor i'r cyhoedd fel arfer. Weithiau mae myfyrwyr o'r brifysgol yn cael dod yma a bob hyn ac hyn r'yn ni'n caniatáu i ymwelwyr arbennig gael dod yma."

Edrychodd yr efeilliaid o gwmpas yr ystafell fach. Roedd carped coch ar y llawr, llenni ysgafn yn hongian bob ochr i'r ffenestri hir ac un peth yn unig yn cael ei arddangos mewn cas gwydr yng nghanol y llawr. Cerflun ydoedd, a haul y prynhawn yn ei oleuo ac yn rhoi rhyw wawr hudol i'r crefftwaith. Blynyddoedd lawer yn ôl roedd rhywun neu rywrai wedi treulio oriau dyfal yn creu'r perffeithrwydd yma. Edrychodd yr efeilliaid arno mewn syndod. Cerflun o arian pur oedd yn y cas gwydr, cerflun tua hanner metr o uchder. Yn ei ganol roedd pen sarff yn geg-agored a bygythiol. Roedd tusw o blu eryr wedi'i gerfio'n gelfydd o gwmpas y pen ac roedd corff y sarff yn gwlwm cymhleth o dan y tusw plu.

Ar yr olwg gyntaf ymddangosai'r cerflun yn hyll, ond o'i astudio'n fanwl a gweld y manylder a'r crefftwaith, hawdd oedd i unrhyw un gael ei hudo gan y gwaith.

"Hwn yw'r 'rhywbeth arbennig' roeddwn i eisiau i chi ei weld," dywedodd Señor Mendoza yn dawel. "Mae'n hen, ac yn perthyn i'r cyfnod cyn-glasurol, cyfnod diwylliant Teotihuacan. Mae e'n werthfawr; does dim byd tebyg iddo yn unman. Mae e wedi ei wneud o arian a ddaeth o ardal Taxco, a thebyg iawn mai yno y cafodd ei gynllunio a'i greu. Pedair blynedd yn ôl fe ddaeth grŵp o archaeolegwyr ar ei draws wrth gloddio yn y goedwig tu allan i Taxco. Fe allwch chi ddychmygu'r cynnwrf ar y pryd. Fe gafodd ei lanhau yn ofalus ac er ei fod dros ddwy fil o flynyddoedd oed mae e'n dal i edrych fel newydd.

"Gallai Quetzalcoatl ymddangos mewn sawl ffurf," ychwanegodd Señor Mendoza, "nid dim ond fel y gwelwch chi fe o'ch blaen chi nawr. Yn ôl y chwedl roedd e'n gryf yn erbyn meddwi. Ond un diwrnod fe gafodd ei dwyllo i gymryd diod feddwol. Cymaint oedd ei gywilydd, dihangodd dros y môr i gyfeiriad y dwyrain, gan hwylio ar rafft oedd wedi ei wneud o grwyn nadredd. Mewn llawer fFordd roedd Quetzalcoatl yn debyg i'ch brenin Arthur chi. Addawodd ddod yn ôl ryw ddydd i achub ei bobl.

"Mae un peth arall yr hoffech chi gael gwybod, efallai," dywedodd Señor Mendoza.

Roedd Anna wedi teimlo bod mwy i ddod.

"Mae anfodlonrwydd ymhlith yr Indiaid yn ein gwlad. Mae protestio yn mynd ymlaen ynglŷn â'r tlodi. Mae'n siwr eich bod wedi gweld enghreifftiau ohono. Ac mae rhai o'r Indiaid yn credu bod ailddyfodiad i fod i'r duw Quetzalcoatl, ac mai ef, a dim ond ef, fydd yn gallu eu helpu allan o'r tlodi yma."

Pan adawodd yr efeilliaid yr amgueddfa teimlent fod Señor Mendoza wedi eu trin fel brenhinoedd. Roedd e wedi darparu te hyfryd iddynt, a mwy na hynny roedd e wedi eu gwahodd i gwrdd ag ef ymhen deudydd yn Taxco er mwyn mynd i weld seremonïau rhyfeddol Indiaid y goedwig oedd yn dal i addoli Quetzalcoatl. Roedd yr efeilliaid wrth eu bodd. Ond roedd un peth yn dal i'w poeni. Pam roedd Señor Mendoza wedi dweud celwydd ar ddechrau'r wythnos yng nghyntedd y Calinda?

10.

Fore trannoeth eisteddai Anna, Arfon ac Elsa yn lolfa foethus y gwesty. Cafodd Elsa glywed popeth am y daith i San Juan Teotihuacan, am y duw Quetzalcoatl a'i hynodion, ac am yr ymweliad â'r amgueddfa gyda Señor Mendoza. Chwaraeai tâp Richard Clayderman yn dawel yn y cefndir a thu ôl i'r bar roedd teledu lliw yn dangos llun, a'r sŵn wedi ei droi'n isel. Rhaglen newyddion oedd ar y teledu erbyn hyn ac yn sydyn daeth llun dyn i lanw'r sgrîn. Elsa oedd y cyntaf i'w weld.

"Edrychwch!" dywedodd.

Trodd yr efeilliaid i edrych ar y sgrîn. Pwy welson nhw yno ond Señor Mendoza. Cododd Elsa o'i chadair ac aeth draw at y teledu i gael gwrando. Daeth llun yr amgueddfa wedyn, ac yna llun arall o Mendoza â golwg ddifrifol ar ei wyneb. Newidiodd y newyddion i ryw eitem arall a daeth Elsa yn ôl i eistedd wrth y ford.

"Wel?" gofynnodd Anna, yn ysu am gael gwybod beth oedd yn mynd ymlaen.

"Mae lladron wedi bod yn yr amgueddfa," dechreuodd Elsa. "Yn hwyr neithiwr. Maen nhw wedi dwyn y cerflun a welsoch chi ddoe. Y cerflun arian yna o Quetzalcoatl."

"Beth oedd gan Mendoza i'w ddweud?" gofynnodd Anna.

"Mae'n amau bod y lladron wedi'i ddwyn er mwyn mynd ag e'n ôl i gylch Taxco, o'r lle daeth e yn y lle cynta. Mae e'n mynd yno ei hunan yn syth bin."

"Fydd e ddim am ein gweld ni ar ganol y fath helynt," meddai Anna. "Mae hynny'n ddigon siwr."

Ond cyn pen deng munud daethpwyd â neges ffôn i'r efeilliaid oddi wrth Señor Mendoza. Roedd y trefniadau iddynt gwrdd yn Taxco yn dal yn ddigyfnewid. Yn wir, roedd yn amlwg ei fod yn awyddus dros ben i'w gweld.

"Bydd rhaid inni hurio car," meddai Arfon.

"Mae gen i gar y gallech chi ei ddefnyddio," meddai Elsa.

"Llawer o ddiolch. Cystal inni yrru i Taxco prynhawn 'ma felly, heb ddim brys. Cawn ni gip bach ar y ddinas heno."

"Fe ddo i â'r Fiat rownd i ffrynt y gwesty erbyn dau o'r gloch," dywedodd Elsa. "Fe ga i afael mewn mapiau o'r ardal ichi hefyd."

Am ddau o'r gloch yr un prynhawn yn ninas Taxco roedd Manuel Pérez yn dod i ben â'i waith. Trwy'r wythnos bu wrthi'n cynhyrfu'r Indiaid lleol yn erbyn yr awdurdodau, gan annerch torfeydd o flaen yr eglwys ac arwain gorymdeithiau. Os na allai'r awdurdodau gael gwared o'r tlodi, meddai, byddai Quetzalcoatl yn dychwelyd i wneud hynny.

Nawr roedd Pérez yn sefyll mewn ysgubor fawr ar ymyl y ddinas. Roedd sach ar ben sach wedi eu pentyrru i lanw'r ysgubor. Gweithiodd yr Indiaid yn galed iddo i lanw'r sachau yma, a'u cario'n dawel i'r ysgubor yn oriau hwyr y nos. Y cyfan oedd ar ôl iddo erbyn hyn oedd trosglwyddo allweddi'r ysgubor i Señor Mendoza. Wedyn, gallai feddwl o ddifrif am fyw ei fywyd...yn Acapulco.

Y prynhawn hwnnw, wedi i'r efeilliaid adael am Taxco, roedd Elsa am fynd am dro o gwmpas y pwll nofio. Roedd hi'n brynhawn braf a'r haul yn danbaid eto, a deuai awel ysgafn o wynt i mewn o'r môr i sibrwd ymysg dail y palmwydd.

Cofiodd fod ei sbectol haul yn ei bag teithio glas wrth ochr y gwely. Tynnodd y sbectol allan a sylwi ar y pecyn wedi ei lapio mewn papur brown, pecyn Señor Mendoza. Roedd cyfeiriad siop lyfrau yn Llundain arno. Rhaid mai llyfr oedd e. Rhoddodd y pecyn i lawr ar y gwely ac edrychodd arno. Cododd ef o'r gwely unwaith eto. Beth petai hi yn ei agor yn ofalus i gael gweld beth oedd ynddo ac ar ôl cadarnhau mai llyfr oedd ynddo, gallai ei ail-lapio yn ofalus. Fyddai neb ddim callach. Meddyliodd am funud. Na, ni allai wneud hynny. Rhoddodd ef yn ôl yn y bag glas a chasglodd ei phethau i fynd lawr i'r pwll nofio.

Caeodd y drws y tu ôl iddi a cherddodd ar hyd y coridor. Nid oedd hi wedi mynd deg cam pan arhosodd, troi a cherdded yn ôl i'r ystafell. Ni allai feddwl am eistedd wrth y pwll nofio; roedd yn rhaid iddi agor y pecyn yn gyntaf. Yn ofalus, tynnodd y papur brown yn rhydd. Bocs oedd ynddo, bocs sigârs.

Agorodd hi glawr y bocs. Ynddo roedd rhywbeth wedi ei lapio mewn papur lliw aur. Tynnodd hi'r papur aur yn ôl. Suddodd ei chalon. Gwelsai hwn o'r blaen. Rhybuddiwyd pob un oedd yn gweithio i'r cwmni teithio am beryglon cario cyffuriau, a chawsai pob un y cyfle i weld y gwahanol fathau oedd ar gael. Cododd y pecyn i'w roi o flaen ei thrwyn i'w arogli. Doedd dim amheuon ynglŷn â'r hyn oedd yn ei llaw. "Aur Acapulco" oedd yr enw arno yn lleol. Canabis resin, heb os nac onibai.

Ail-lapiodd Elsa'r pecyn a'i roi ar y gwely. Aeth cryndod oer drosti wrth iddi gofio bod y pecyn yn ei bag ers rhai diwrnodau. Roedd hi wedi bod yn ofnadwy o ddiniwed!

Roedd hi wedi gadael i Señor Mendoza ei thwyllo â'i eiriau mwyn. A beth am yr efeilliaid? Os oedd Mendoza wedi'i defnyddio hi, rhaid bod ganddo gynlluniau yr un mor sinistr ar eu cyfer nhw. Byddai'n rhaid iddi eu rhybuddio!

11.

Roedd Arfon ac Anna wedi cyrraedd Taxco yn hwyr y prynhawn. Cawsant lety mewn gwesty bach yn un o'r strydoedd cul. Roedd maes parcio yno lle byddent yn gallu cadw car Elsa. Wedyn aethant i grwydro o gwmpas strydoedd Taxco yn y Fiat i gael cyfarwyddo â'r ddinas. Erbyn hyn roedden nhw wedi gweld popeth, ac roedden nhw'n eistedd yn y car o flaen lle bwyta yn un o'r strydoedd oedd yn arwain i'r sgwâr, gan geisio meddwl beth i'w wneud nesaf.

Ar hynny daeth grŵp o bobl ifanc i lawr y stryd yn dawnsio ac yn canu'n swnllyd. Edrychodd Anna yn y drych er mwyn cael eu gweld yn iawn. Gwelodd mai un dyn ifanc oedd yno gyda thair o ferched.

Aeth y grŵp hapus heibio i'r car gan ddal i ganu a dawnsio.

"Rwy'n nabod hwnnw," dywedodd Anna.

"Sut galli di?" gofynnodd Arfon. "Mae pawb yn edrych

yr un fath yn y golau yma."

"Ond does dim craith gan bob un ar ei war, fel sy ganddo fe," atebodd Anna.

"Y dyn yn y maes awyr!" dywedodd Arfon. "Hwnnw redodd i ffwrdd pan ddangoses i'r papur iddo fe! Beth yn y byd mae e'n ei wneud fan hyn?"

Diflannodd y tair merch i mewn i'r tŷ bwyta ac aeth y dyn ifanc ymlaen ar ei ben ei hun.

Sylwodd Arfon ei fod wedi gwisgo'n fwy llewyrchus na phan oedd yn y maes awyr. Rhaid bod cario bagiau yn talu'n dda, meddyliodd. Arhosai tacsi melyn amdano yn ymyl y sgwâr. Dringodd i mewn a symudodd y tacsi i ffwrdd.

"Beth am ei ddilyn e, Anna, i gael gweld ble mae'n mynd?" meddai Arfon. Ond doedd dim eisiau dweud. Taniodd Anna yr injan cyn iddo orffen ei frawddeg. Symudodd y tacsi yn gyflym drwy strydoedd cul Taxco nes cyrraedd ymyl y ddinas. Yna stopiodd o flaen adeilad mawr, garej efallai, neu ysgubor. Roedd car arall – Porsche – yn sefyll yno hefyd. Stopiodd Anna y Fiat ryw gan metr i ffwrdd dan goeden, a diffodd y goleuadau.

Doedd dim un golau i'w weld yn yr adeilad. Safai'n glamp o gysgod du yn erbyn y tywyllwch, yn fygythiol bron, yma ar ei ben ei hun.

"Tybed beth sy'n mynd ymlaen yma?"

Agorodd Anna ddrws y car wrth siarad, a gwnaeth Arfon yr un peth. Sleifiodd y ddau yn dawel i gyfeiriad yr adeilad. Daeth y dyn â'r graith allan o'r tacsi a daeth rhywun o'r Porsche i siarad ag ef. Er gwaetha'r tywyllwch, roedd Anna yn ei adnabod ac ni allai guddio ei syndod.

"Mendoza yw e!" dywedodd yn uchel. Rhoddodd Arfon ei law ar draws ei cheg i geisio lladd y sŵn ond roedd yn rhy hwyr. Edrychodd y ddau ddyn ar yr efeilliaid am eiliad yn syn. Yna dechreuon nhw redeg tuag atyn nhw nerth eu traed. Roedd gwn yn llaw Mendoza.

"Dere," sibrydodd Arfon mewn braw. "Mae rhywbeth o'i le fan hyn."

Rhedodd y ddau yn ôl tuag at y Fiat. O fewn eiliad roedd y lleill wedi sylweddoli mai rhedeg at gar yr oedd yr efeilliaid, a throesant yn ôl i'r tacsi melyn. Injan y Fiat a daniodd yn gyntaf ac roedd amser gan Anna i droi'r car rownd i'r cyfeiriad arall cyn bod y tacsi yn barod i symud. Roedd goleuadau'r Fiat ymlaen yn llawn a gwasgodd Anna ei throed i'r llawr. Taflodd ambell gipolwg at y drych i weld a oedd sôn am y car arall.

"Yn ôl i mewn i'r ddinas!" meddai Arfon. "Mae mwy o obaith inni eu colli nhw yn y ddinas nag ar yr heol agored."

Daethant i'r ddinas ac Anna'n gyrru'n wyllt. Trwy lwc, roedd y strydoedd cul yn wag o bobl, ac fel roedd y Fiat yn sboncio dros wyneb caregog yr heol cofiodd Arfon am y tro o'r blaen pan oeddynt yn un o'r tacsis melyn yn gwibio drwy'r strydoedd hyn. Yn sydyn, aeth Arfon yn oer. Cofiodd am y radio yn y tacsi. Dyna pam roedd y lleill wedi dewis y tacsi yn hytrach na'r Porsche cyflym! Roedd ar fin dweud wrth Anna pan welodd oleuadau car yn dod i'w cyfarfod o'r cyfeiriad arall.

"Ble mae hwn yn mynd?" gwaeddodd Anna. "Dyw e ddim i fod fan'na!" Roedd y car yn gyrru atynt ar heol un ffordd a doedd dim lle iddynt fynd heibio i'w gilydd.

"Brêc!" gwaeddodd Arfon.

Roedd goleuadau'r car arall yn agosáu yn gyflym. Doedd e ddim yn arafu. Doedd Anna ddim yn bwriadu arafu chwaith. Caeodd Arfon ei lygaid. Gwelodd Anna heol yn troi i'r chwith. Gwasgodd y sbardun i'r llawr. Daeth at y tro a chwyrlïodd hi'r olwyn i droi'r car. Dim ond modfeddi oedd rhyngddi hi a'r car arall wrth iddo wibio heibio i'r tro.

"Y tacsi melyn oedd hwnna. Sut yn y byd aeth e heibio inni?" gofynnodd Anna.

"Nage. Tacsi melyn arall oedd e. Mae radio gan bob un."

Edrychodd Anna i'r drych unwaith eto.

"Maen nhw y tu ôl inni!" gwaeddodd. Roedd croes-ffordd o'u blaen a sgrechiodd yr olwynion wrth i Anna sefyll ar y brêc. Edrychodd i'r chwith. Roedd tacsi yn dod tuag atynt yn gyflym. Tacsi y tu ôl iddynt. I'r dde amdani.

Neidiodd y car ymlaen wrth i Anna wasgu ei throed i'r llawr. Edrychodd Arfon ar y cloc a synnu nad oedd yn dangos ond hanner can milltir yr awr. Teimlodd fod y car yn symud llawer yn gyflymach wrth i ddrysau a ffenestri'r heolydd cul wibio heibio iddynt.

"Maen nhw'n dod o bobman," gwaeddodd Anna.

Roedd tacsi arall yn dod i'w cyfarfod a gwasgodd Anna ei dwy droed i'r llawr nes i'r olwynion sgrechian wrth i'r car stopio'n sydyn.

"Dim ond un ffordd alla i fynd arni," dywedodd Anna'n dawel, gan droi i'r chwith i mewn i heol unffordd.

Roedd Arfon wedi adnabod yr heol.

"Mae hon yn arwain i'r sgwâr!" gwaeddodd. "Unwaith fyddi di'n cyrraedd y sgwâr fe gei di ddewis o bump neu chwech o heolydd i fynd oddi yno."

"Mae un o'r tacsis y tu ôl inni!" gwaeddodd Anna.

Roeddynt yn y sgwâr mewn eiliadau wedyn ac arafodd Anna'r car i gael dewis ei heol allan ohono. Roedd pump ohonynt – ac roedd tacsi melyn wedi ei barcio wrth bob agoriad. Yn eu tro, daeth llifoleuadau'r tacsis i gyd ymlaen i ddangos un tacsi melyn arall yn aros o flaen yr eglwys gadeiriol. Agorodd drws hwnnw. Daeth Señor Mendoza allan.

12.

Roedd Elsa wedi hurio car yn Acapulco ac wedi gyrru ar frys i Taxco i gael cyrraedd yno yn hwyr y noson honno. Ni wyddai ble roedd dechrau chwilio am yr efeilliaid. Ond roedd hi'n adnabod digon o bobl yn Taxco, oherwydd ei gwaith, ac roedd yn siwr y byddai un ohonynt wedi eu gweld.

Ar ôl meddwl yn ddwys, roedd Elsa wedi rhoi'r pecyn cyffuriau a'r arian mewn un parsel, ynghyd â llythyr yn esbonio'r cyfan, i'r dynion oedd wrth y ddesg yng nghyntedd y Calinda a gofyn iddynt ei drosglwyddo i'r heddlu am hanner dydd drannoeth, a dim munud cyn hynny. Byddai hynny'n rhoi tipyn o amser iddi ddod o hyd i'r efeilliaid, ac ar yr un pryd sicrhau bod yr heddlu'n dechrau chwilio amdani heb ormod o oedi, petai hi mewn perygl. Roedd hi hefyd wedi ffonio Señor Mendoza yn yr amgueddfa cyn iddi gychwyn am Taxco, ond roedd Mendoza wedi gadael ei swyddfa. Yr unig wybodaeth a gafodd hi oedd ei fod yntau wedi mynd i Taxco.

Felly, byddai pawb roedd hi eisiau eu gweld yno yn Taxco.

Ar sgwâr Taxco roedd dynion yn nesáu at yr efeilliaid o bob cyfeiriad. Tynnwyd y ddau allan o'r car, a rhwymwyd eu dwylo yn dynn. Nid oedd Señor Mendoza wedi aros i weld hyn. Neidiodd ef i mewn i'r tacsi agosaf a diflannu i berfeddion y nos.

Treuliodd Anna ac Arfon y noson mewn hen fwthyn yn y ddinas yng ngofal hanner dwsin o Indiaid. Dros eu crogi, ni allent feddwl pam roedd Mendoza wedi mynd i'r fath drafferth i'w dal nhw. Rhaid bod ganddo ryw reswm llawer cryfach na rhoi eglurhad pellach am yr hen dduw Quetzalcoatl iddynt. Bob yn dipyn trodd eu dryswch yn ofn.

Cododd Elsa yn gynnar y bore wedyn ac aeth ati ar unwaith i wneud ymholiadau ffôn ynglŷn â'r efeilliaid, heb lwyddiant. Penderfynodd fynd allan i weld a allai ddod o hyd iddynt. Eto heb lwc. Ond gyda hynny, gwelodd ei char. Roedd y Fiat yn sefyll ym maes parcio gwesty yn agos at y sgwâr. Rhedodd ato. Roedd marciau arno, crafiad fan hyn, tolc fan draw. Ac roedd yr allwedd yn dal ynddo. Digiodd Elsa. Roedd yr efeilliaid wedi bod yn esgeulus â'i char. Ond o leiaf roeddynt yn Taxco. Aeth at y ddesg yng nghyntedd y gwesty. Cafodd fod yr efeilliaid wedi gofyn am ystafelloedd yno y prynhawn cynt, ac wedi gadael eu bagiau yno, ond doedden nhw ddim wedi defnyddio'r ystafelloedd. Roedd perchennog y gwesty wedi gweld eu car yn y sgwâr a dod ag e i mewn. Suddodd calon Elsa unwaith eto.

47

Aeth Elsa allan i'r stryd, a gadael y Fiat yn y maes parcio ond dan glo y tro yma, a'r allwedd gyda pherchennog y gwesty. Efallai y byddai eisiau'r car eto ar yr efeilliaid. Edrychodd ar ei wats. Roedd hi bron â bod yn hanner dydd. Ymhen chwarter awr, byddai'r heddlu yn Acapulco yn agor ei pharsel, ac o fewn deng munud wedyn byddai'r heddlu yn Taxco yn dechrau gwneud ymholiadau amdani. Beth allai ei wneud? Doedd dim amdani ond cerdded o gwmpas y strydoedd unwaith eto a gobeithio y byddai'n gweld rhywbeth, unrhyw beth. Cerddodd tua'r sgwâr. A dyna pryd y newidiodd ei lwc.

Gwelodd hi rywun roedd hi'n ei adnabod. Roedd hi wedi ei gyfarfod o'r blaen yng nghwmni Señor Mendoza. Gwyddai ei fod yn arfer rhedeg negeseuon i Mendoza yn Acapulco. Doedd neb arall â marc siâp hanner lleuad fel yna ar ei war. Yn bendant, Manuel oedd e. Rhedodd ar ei ôl gan alw ei enw. Arhosodd yntau.

"Manuel! Beth ych chi'n ei wneud yma yn Taxco? Doeddwn i ddim yn disgwyl eich gweld chi fan hyn."

"Dw i'n gwybod dim amdanyn nhw," dywedodd Manuel yn swta.

"Pwy?" gofynnodd Elsa. "Yn gwybod dim am bwy?"

"Neb! Sori! Fe wnes i gamgymeriad! Roeddwn i'n meddwl mai rhywun arall oeddech chi."

Sylwodd Elsa ar ei anesmwythder. Roedd dychryn yn ei

lygaid.

"Wyt ti'n gwybod ble mae Señor Mendoza?" gofynnodd Elsa.

"Na! Dw i'n gwybod dim!" Edrychodd Manuel o gwmpas i weld a oedd ffordd iddo gael dianc.

"Beth sy'n bod? Oes rhywbeth yn eich poeni?"

"Na! Dim! Sori! Ond mae'n rhaid imi fynd!"

"I ble? Dewch, Manuel. Helpwch fi. Rwy eisiau gwybod ble mae'r efeilliaid."

"Alla i ddim! Dw i ddim yn gwybod."

Dechreuodd gerdded i ffwrdd ond nid oedd Elsa yn barod i'w adael i fynd. Cerddodd y ddau ar hyd un o'r strydoedd cul, Elsa yn dal i holi a Manuel yn gwneud ei orau i ddianc.

"Manuel! Arhoswch funud!"

"Plîs! Mae'n rhaid ichi adael imi fynd. Dw i ddim yn gallu'ch helpu chi!"

Daeth sŵn seiren o rywle. Yr heddlu! Ni wyddai Elsa ble i droi. Roeddynt wedi dod o hyd iddi yn rhy gyflym. Gwasgarodd y dorf i roi lle i'r ceir. Roedd dau ohonynt, un yn dod o bob cyfeiriad. Mewn eiliadau roedd plismyn o'i chwmpas. Dechreuodd Manuel redeg.

"Dere, ngwas i. R'yn ni wedi dy ddal di o'r diwedd."

Edrychodd Elsa'n syn arnynt. Roeddynt yn gafael yn dynn yn Manuel ac yn ei wthio'n ddiseremoni i mewn i un o'r ceir. Roedd meddwl Elsa yn rhedeg yn wyllt. Doedd yr heddlu ddim wedi ei hadnabod hi, neu roedd y neges amdani o Acapulco heb eu cyrraedd eto. Ond roedd ei chyfle i gael gwybod beth oedd hanes Anna ac Arfon yn diflannu o flaen ei llygaid. Aeth at un o'r plismyn.

"Fe alla i eich helpu chi ynglŷn â'r gŵr yma…Ga i ddod gyda chi?"

13.

Eisteddai Elsa a Manuel Pérez ar ddwy gadair anghyffyrddus mewn seler oer a llaith o dan swyddfa'r heddlu yn Taxco. O'u blaen roedd bwrdd ac arno beiriant recordio yn cadw cofnod o'r hyn oedd yn mynd ymlaen yn yr ystafell. Roedd dau swyddog yn eu holi ac un wraig yn sefyll wrth ddrws yr ystafell. Roedd y waliau yn ddiaddurn ac wedi eu gwyngalchu'n drylwyr a'r unig olau yn yr ystafell oedd lamp noeth yn hongian o'r nenfwd isel.

Roeddynt wedi bod yno drwy'r prynhawn yn ateb cwestiwn ar ôl cwestiwn. Roedd y newyddion o Acapulco am Elsa a'i phecyn cyffuriau wedi cyrraedd Taxco erbyn hyn a gwyddai ei bod hi mewn tipyn o helynt. Roedd yr heddlu wedi restio Manuel am mai ef oedd yn gyfrifol am greu'r cynnwrf yn Taxco bob dydd. Ond roedden nhw hefyd yn credu iddo fod yn gwerthu cyffuriau. A nawr roedden nhw'n meddwl bod Elsa yn ei helpu.

Protestiodd Manuel ei fod yn gwbl ddieuog. Roedd rhywun wedi sylwi ar ei gyfoeth newydd, ac mewn cenfigen wedi tynnu sylw'r heddlu at y mater. Gwingai Manuel yn ei gadair gan sylweddoli fod ei freuddwyd o gael rhedeg tacsi yn Acapulco yn dod yn agos i'w chwalu. Pwysodd Elsa hithau ar y swyddogion i wneud ymholiadau ynglŷn â'r efeilliaid. Yn y diwedd, trodd yn ddiamynedd at Manuel.

"Dwedwch wrthyn nhw! R'ych chi'n gwybod ble maen nhw!"

Yn ddwfn yn ei galon roedd Manuel yn ystyried. Petai'n dal i wadu'r cyhuddiadau yn ei erbyn, byddai'r heddlu'n siwr o'u profi beth bynnag. Byddai'n treulio blynyddoedd yn y carchar. Marw yno efallai. Allai Mendoza mo'i helpu nawr. Ar y llaw arall, petai'n cyffesu'r cyfan, efallai y byddai gobaith iddo…Yn enwedig petai'n helpu i achub yr efeilliaid…

"Olreit! Olreit!" Roedd Manuel wedi codi ar ei draed. "Dim rhagor! Fe wna i gyffesu. Y cyfan…Ond dw i ddim eisiau carchar!"

"Mae hynny'n dibynnu ar beth sy gen ti i'w gynnig inni."

"Mae'n stori hir…"

"Ble mae'r efeilliaid?" torrodd Elsa ar ei draws.

"Maen nhw yn y goedwig. Mae yna berygl. Bydd rhaid eu cyrraedd nhw cyn machlud yr haul…"

14.

Roedd hi'n hwyr yn y prynhawn a'r Indiaid wedi symud yr efeilliaid i'r mynyddoedd y tu ôl i Taxco. Erbyn hyn roeddynt wedi eu clymu wrth ddwy goeden. O'u blaen roedd llannerch agored a charreg enfawr yn gorwedd yn ei hyd ar y llawr. Roedd pedwar tân yn mygu wrth gorneli'r garreg ac arni roedd basged wellt a phlu melyn a choch yn dusw o'i chwmpas. Yn y goedwig roedd sŵn drymiau, a hwnnw'n agosáu gyda phob eiliad. Yn sydyn, o'u blaenau, o ben draw'r llannerch, gwelsant gyffro. Daeth pedwar dyn i'r golwg; y pedwar yn gwisgo gynau gwynion, a mygydau ar eu hwynebau, a phob un yn curo drwm mewn rhythm pendant, diorffwys. Yna daeth torf o Indiaid i'r golwg, rhyw hanner cant ohonynt: i gyd yn droednoeth a'u cyrff a'u hwynebau wedi eu paentio â lliwiau llachar; pob un yn dawnsio i rythm y drymiau.

Daeth yr Indiaid i ddawnsio mewn cylch o gwmpas y garreg fawr, gan anwybyddu'r efeilliaid. Symudent yn fwy gwyllt wrth iddynt anadlu'r mwg a ddaeth o'r tanau. Cariai un o'r Indiaid sach lawn o'i flaen, a nawr ac yn y man taflai ddyrnaid o ddail sychion o'r sach i ben y tân a byddai'r mwg yn hongian yn fwy trwchus yn yr awyr. Daeth awel fach i chwythu ychydig o'r mwg draw i gyfeiriad yr efeilliaid. Pesychodd Anna yn afreolus. Daeth dagrau i'w llygaid.

"Beth yn y byd yw e?" gofynnodd Arfon, a'i lygaid yn dechrau dyfrhau. Dechreuodd yntau beswch, ond doedd yr Indiaid ddim yn eu clywed. Roedd rhythm y drymiau ac effaith y mwg yn gyrru'r dawnswyr i symudiadau mwy a mwy gwyllt ac arswydus. Yn sydyn peidiodd y sŵn, a syrthiodd y dawnswyr yn anniben i'r llawr.

Roedd yna symud yn y goedwig eto. Daeth yr offeiriad i'r golwg a cherddodd yn araf tuag at y garreg fawr. Roedd e'n dal, ac roedd ganddo farf, ond yr hyn a drawodd yr efeilliaid yn fwy na dim oedd ei benwisg – pen neidr mewn torch o blu.

Quetzalcoatl!

Roedd y cortynnau oedd ynghlwm am eu harddyrnau yn dechrau torri i mewn i'r croen. Mynnai Arfon symud ei ddwylo a'i freichiau i geisio rhyddhau'r cortynnau, ond roedd y poen yn ormod.

Y tu ôl i'r offeiriad roedd dau o'r Indiaid, yn cario rhywbeth mawr wedi'i lapio mewn blanced liwgar. Buon nhw'n baglu bob hyn a hyn o dan ei bwysau, a rhoddasant ochenaid o ryddhad ar ôl rhoi'r cyfan yn ofalus ar y garreg fawr. Aeth yr offeiriad ati i dynnu'r flanced liwgar yn rhydd o'i chynnwys. Roedd hi'n hwyrhau, a golau dydd yn dechrau cilio draw.

O'r diwedd daeth cynnwys y flanced i'r golwg. Ebychu gan syndod wnaeth Anna ac Arfon o'i weld. Hyd yn oed yn y golau llwm, hawdd oedd adnabod y cerflun, a'i arian llachar a'i grefftwaith cain.

Roedd y drymiau wedi ailddechrau. Neidiodd y dawnswyr ar eu traed i symud yn gynddeiriog wyllt. Roedd y tanau yn mygu unwaith eto. Safai'r offeiriad o flaen y cerflun, ei freichiau wedi eu codi i'r nef. Roedd yn ynganu rhywbeth drosodd a throsodd ond âi ei lais ar goll yn sŵn y drymiau. Cododd ei lais yn uwch, a daeth ei eiriau yn glir i bawb.

"Quetzalcoatl! Ti yw ein duw! Quetzalcoatl! Tyrd yn ôl!"

Edrychodd Anna ac Arfon ar ei gilydd, y syndod a'r dryswch yn glir ar eu hwynebau. Roeddynt wedi adnabod y llais!

15.

Roedd y plismyn, Elsa a Manuel Pérez wedi gyrru ar frys

i ymylon y goedwig y tu allan i Taxco. Roeddynt wedi rhuthro drwy'r strydoedd cul â'r ddwy seiren yn sgrechian. Unwaith y gadawsant gyffiniau'r ddinas, Manuel Pérez a roddai'r cyfarwyddiadau i'r gyrrwr yn y car cyntaf – bu ar yr heol yma droeon yn ystod y dyddiau diwethaf. Eisteddai Elsa yn y cefn rhwng y ddau swyddog oedd wedi bod yn eu holi drwy'r prynhawn.

"Faint o ffordd yw e eto, Manuel?" gofynnodd.

"Chwarter awr, efallai?" Nid oedd yn siwr. Doedd e erioed wedi bod mewn car yn cael ei yrru mor gyflym â hyn o'r blaen!

Roedd Manuel wedi gorffen ei stori, ac roedd meddwl Elsa yn chwyrn-droi wrth glywed yr hanes. Roedd yn amlwg mai Mendoza oedd y tu ôl i'r cyfan. Am ei fod yn gwybod cymaint am fywyd a choelion yr Indiaid, gwyddai sut i ddylanwadu arnynt trwy fanteisio ar eu tlodi ac ar eu ffydd yn yr hen dduwiau. Fe'u perswadiwyd i dyfu canabis a dod ag e iddo. Wedyn roedd yn ei werthu am arian mawr ym marchnadoedd y byd gan ddefnyddio rhai fel Elsa i'w ddosbarthu iddo. A mwyaf o arian a enillodd, mwyaf yn y byd y tyfodd ei ddylanwad ar yr Indiaid. Rhaid mai ef ei hun a ddygodd y cerflun o'r amgueddfa...Ond pam?...A pham roedd e mor hynod o awyddus i weld yr efeilliaid eto?

Ceisiodd Elsa ei gorau glas i ganfod y patrwm y tu ôl i'r

cyfan. Quetzalcoatl…Duw yr efeilliaid…Mendoza'n ym-
drechu am ddylanwad dros yr Indiaid…Mendoza'r twyllwr
diegwyddor…

Â fflach o arswyd, gwelodd y cyfan yn glir.

"Brysiwch! Brysiwch! Mae Mendoza yn mynd i gynnig
yr efeilliaid fel aberth i'r duw Quetzalcoatl!"

Wrth i Elsa esbonio ei hofnau i'r plismon, gwasgodd y
gyrrwr y sbardun i'r llawr. Sgrechiodd y seiren a suodd y
car fel gwenynen ar hyd yr heolydd cul a arweiniai i'r
bryniau. Cyflymodd yr ail gar wrth ei gwt, er na wyddai
gyrrwr hwnnw ddim o'r rheswm am y brys.

Yn sydyn gwnaeth Manuel arwydd i ddangos eu bod
wedi dod i ben y daith gyda'r ceir. Nesaf byddai'n rhaid
cerdded drwy'r goedwig i gyrraedd y llannerch. Roedd
sŵn y drymiau i'w glywed a doedd dim angen pwyll a
thawelwch wrth symud ymlaen. O fewn munudau roeddynt
wedi cyrraedd ymylon y llannerch, ac yna, dechreuodd hi
fwrw glaw.

Roedd y drymiau yn dal i guro eu rhythm, y dawnswyr
yn dal i symud yn feddwol o gwmpas y garreg, a'r offeiriad
yn dal i ynganu ei siant i'r nefoedd. Pan ddechreuodd y
glaw, roedd yr haul yn machlud yn y gorllewin, ac unwaith
eto, ar ryw arwydd gudd, peidiodd sŵn y drymiau,
stopiodd y dawnsio a chwympodd yr Indiaid i'r llawr.
Roedd sŵn y glaw i'w glywed drwy'r goedwig, nid glaw

56

mân, ysgafn, ond glaw trwm a'r diferion mawr yn tasgu'n swnllyd ar bob deilen. Pwysodd yr offeiriad ymlaen i afael yn y fasged oedd ar y garreg o'i flaen. Cododd y fasged a'i chario draw i gyfeiriad yr efeilliaid. Roedd eu dillad yn wlyb ac yn glynu i'w cyrff, a'u gwallt yn stribedi mân anniben ar eu hwynebau. Anodd iawn oedd hi i'r efeilliaid weld â'r glaw mor drwm, a'r dydd yn tywyllu'n gyflym. Ni wyddent beth i'w ddisgwyl. Safodd yr offeiriad o'u blaen a gosod y fasged ar y llawr wrth eu traed.

"Rwy wedi'ch adnabod chi, Señor Mendoza!" dywedodd Anna gan hisian ei geiriau ato.

Fflachiodd mellten uwchben a daeth y daran ar unwaith i ddiasbedain o gwmpas eu pennau. Agorodd yr offeiriad ei lygaid mewn syndod. Os oedd unrhyw amheuon wedi bod gan Mendoza ynglŷn â'u lladd, diflanasant wrth iddo glywed geiriau Anna. Ni allai fforddio i unrhyw un dorri ei gyfrinach. Fflachiodd mellten arall a daeth clap y daran i'w byddaru. Gafaelodd Mendoza yng nghlawr y fasged a'i daflu i'r naill ochr.

Edrychodd y ddau i lawr drwy'r gwyll i weld y symudiadau llithrig, araf, a sylweddoli ar unwaith beth oedd yno. Goleuwyd y llannerch gan fellten i ddangos pen un o'r nadredd yn dod i'r golwg dros ymyl y fasged a'i thafod fforchog yn saethu'n fygythiol i mewn ac allan o'i cheg. Craciodd y daran i'w dychryn eto. Symudodd y corff hir igam-ogam i lithro drwy'r pyllau mân, mwdlyd ar lawr y llannerch. Cymerodd yr offeiriad ddau gam yn ôl. Daeth pen arall i'r golwg dros ymyl y fasged, ac un arall wedyn, a'r ddau yn geg-agored yn dangos eu dannedd gwenwynig, miniog.

Teimlodd Arfon ei wallt yn sefyll ar ei war. Ysgydwodd ei ben i gael clirio'r glaw o'i wyneb. Daeth sgrech allan o geg Anna, a gwasgodd ei chorff yn erbyn y goeden i geisio dianc, ond doedd dim modd symud. Daeth fflach arall i rwygo'r cyfnos â tharan arswydus yn atsain yn eu clustiau. Roedd Arfon yn dal i dynnu wrth y cortynnau oedd yn clymu ei ddwylo ond doedd dim gobaith dod yn rhydd. Roedd y neidr gyntaf wrth ei draed. Ysgydwodd ei ben eto er mwyn iddo weld yn glir. Daeth yr ail a'r drydedd allan o'r fasged. Curai'r Indiaid y drymiau'n gyflymach. Tyfodd y sŵn. Roedd llygaid pawb ar y nadredd.

Yn y glaw a'r gwyll ni welodd neb y chwe phlismon, ac Elsa y tu ôl iddynt, yn rhedeg o'r goedwig i ganol y llannerch. Aeth ergyd ar ôl ergyd o ynnau'r plismyn i gyfeiriad y nadredd. Rhedodd yr Indiaid i bob cyfeiriad gan weiddi mewn ofn. Llanwodd llygaid Mendoza â thân wrth weld yr ymyrraeth yma. Trodd at y garreg fawr i gyffwrdd â'r cerflun arian ond cyn iddo gael cyfle i roi ei law arno daeth mellten i oleuo'r llannerch unwaith eto a disgyn yn ffrwydrol ar y cerflun a'i rwygo yn deilchion.

Camodd Mendoza yn ôl wedi ei ddallu am eiliad ac ar unwaith daeth taran, erchyll ei sŵn, i fyddaru ac i ddychryn pawb.

Arhosodd Mendoza yn stond, wedi ei syfrdanu wrth weld ei ddelw amhrisiadwy yn chwilfriw ar y llawr. Edrychodd o gwmpas ag ofn yn ei lygaid – doedd dim ar ôl iddo ond dianc. Dechreuodd redeg. Ciciodd Arfon y neidr oedd wrth ei draed. Hedfanodd honno drwy'r awyr a disgyn ar gefn Mendoza fel roedd yn rhedeg i ffwrdd. Daeth sgrech oerllyd, hir o'i geg, ac un arall wedyn. Roedd y neidr wedi poeri ei gwenwyn i gefn Mendoza. Cwympodd ar ei benliniau i'r dŵr, a cheisiodd afael y tu ôl iddo i gael rhyddhau'r neidr o'i gefn. Daeth sgrech arall o'i geg cyn iddo syrthio ar ei wyneb i'r llawr. Gorweddodd yn llonydd.

Diflannodd yr Indiaid i mewn i'r goedwig yn y bwrlwm, a dim ond swyddogion yr heddlu oedd ar ôl gydag Arfon, Anna ac Elsa, i edrych ar gorff Mendoza. Taflwyd ei benwisg a'i farf ffug i'r naill ochr ac roedd ing a phoen ei farwolaeth yn dal ar ei wyneb llwyd.

Roedd hi'n fore dydd Sul, ac wythnos gyntaf y gwyliau wedi diflannu. Cerddai Anna, Arfon ac Elsa ar y traeth o flaen gwesty'r Calinda. Roedd hi'n braf, a'r traeth yn brysur eto. Torrai'r môr yn swnllyd ar y graean mân, tanbaid, gan adael ewyn gwyn i olchi'n ysgafn am eu traed. Anodd oedd credu bod cymaint wedi digwydd iddynt mewn amser mor fyr. A hwythau heb ofid yn y byd, mor bell oedd y cyfan erbyn hyn. Byddai rhieni'r efeilliaid yn cyrraedd yn ystod y prynhawn ac roedd wythnos arall i'w mwynhau yn y paradwys yma. Oedd, roedd hi'n ddiwrnod braf.

Roedd swyddogion yr heddlu wedi gorffen eu hymholiadau, a Manuel yn ôl yn ei hofel, yn ôl gyda'i freuddwydion. Dangosodd i'r heddlu ble roedd yr ysgubor a'r holl sachau o ddail canabis, ac am iddo fod mor agored ynglŷn â'r holl helynt, cafodd ei ryddhau. Dychwelodd yr Indiaid i'w bywyd tawel, beunyddiol, i ymdopi â'r tlodi fel o'r blaen. Doedd dim wedi newid.